제발
말을
더듬게 해 주세요.

제발 말을
더듬게 해주세요

펴 낸 날 2021년 11월 10일

지 은 이   이경옥
그   림   이가경
펴 낸 이   이기성
편집팀장   이윤숙
기획편집   윤가영, 이지희, 서해주
표지디자인 이윤숙
책임마케팅 강보현, 김성욱
펴 낸 곳   도서출판 생각나눔
출판등록   제 2018-000288호
주   소   서울 잔다리로7안길 22, 태성빌딩 3층
전   화   02-325-5100
팩   스   02-325-5101
홈페이지   www.생각나눔.kr
이 메 일   bookmain@think-book.com

• 책값은 표지 뒷면에 표기되어 있습니다.
  ISBN 979-11-7048-309-0 (73810)

제발 말을 더듬게 해 주세요.

글 / 이경옥
그림 / 이가경

생각나눔

목차

아무래도 3학년은 망한 것 같아요

"제발 체육 시간 많이 주는 선생님이면 좋겠다."

영식이가 옆으로 다가와 앉으며 말했어요. 은찬이는 옆자리에 있던 가방을 무릎 위로 올리며 영식이에게 어정쩡한 미소로 인사를 대신했어요.

새 학년이 되자 아이들은 누가 같은 반이 되었는지, 누가 담임 선생님이 될지에 관심이 집중되었어요. 앞자리에 앉아 있는 여자아이들은 무서운 선생님이 아니기를 기도하는 듯이 두 손을 서로서로 부여잡고 있어요.

은찬이는 새 학년 첫날이면 항상 학교에 가기 싫었어요.

드디어 학교 버스가 운동장에 도착했어요.

학교 버스에서 내려 교실 쪽으로 향해 걸어가면서 영식이가 물었어요.

"김은찬, 너는 누구랑 같은 반이 되면 좋겠어?"

"나, 나, 나는 2학년 때 아이들 그대로 가, 같은 반이 되면 좋겠어."

"김은찬, 꿈 깨라."

낯선 교실에 모르는 아이들과 같이 있는 것은 어색하고 불편했어요. 그나마 영식이와 같은 반이 되어서 다행이지요. 영식이는 유치원 다닐 때부터 알게 된 단짝 친구예요.

담임 선생님은 여자 선생님이었어요. 짧게 파마한 머리를 하고 있고, 옆에서 보면 뱅글뱅글 돌아가는 안경을 쓰고 있었어요. 선생님은 먼저 자리를 정해 주셨어요. 은찬이의 짝은 머리를 갈색으로 염색하고 단정하게 옆으로 빗어 넘겼어요. 둥근 검은색 뿔테 안경을 쓰고, 청바지에 남색 후드티를 입고 있었어요. 안경 너머로 은찬이를 바라보는 눈길이 느껴지자 은찬이는 얼른 눈길을 피했어요.

은찬이가 제일 싫어하는 자기소개 시간이 되었어요. 왜 선생님들은 첫날 자기소개를 시키는지 모르겠어요. 어차피 자기소개 시간에 했던 말들은 모두 지우개로 쓱쓱 지워져서 기억에 남지도 않는데 말이에요. 선생님께서 아이들의 특징을 알아내어 빨리 파악하려고 하시는 것 같아요. 우리는 같은 교실에서 공부하며 지내다 보면 금세 이름도 알게 되고, 성격도 알게 되는데 말이지요.

은찬이 짝이 자기소개 할 차례가 되었어요.

"제 이름은 오필승입니다. 별명은 '딱지왕'입니다. 저는 딱지치기를 좋아하고, 2학년 때 반에서 딱지치기를 잘해서 별명이 그렇게 되었습니다. 3학년이 되어서도 딱지왕이 되는 것이 목표입니다. 언제든지 도전을 받겠습니다. 3학년 동안 딱지치기하며 사이좋게 지내고 싶습니다."

오필승이 얼굴에 미소를 지으며 자기소개를 했어요. 떨리지도 않는가 봐요. 발표가 끝나자 아이들은 입을 모아 "우와아!" 하면서 박수를 쳤어요. 선생님도 오필승이 알맞은 목소리와 내용으로 자기소개를 잘했다며 칭찬을 하셨어요.

드디어 은찬이 차례가 되었어요.

선생님과 아이들이 모두 은찬이를 바라보고 있었어요.

"……."

은찬이는 아무 말도 하지 않고 고개를 숙인 채 앉아 있었어요.

"김은찬, 자기소개하세요. 잘 못 해도 괜찮아요. 이름과 가족 사항, 장래 희망 같은 것을 간단하게 발표하면 돼요."

은찬이는 일어나서 모기만큼 작은 소리로 선생님이 예시로 들어 준 사항만 짧게 말했어요.

제발 말을 더듬게 해주세요

"저, 저, 저는 김은찬입니다. 우, 우리 가족은 엄마, 아빠, 동생 이렇게 네, 넷이고 음, 커, 커서 마술사가 되는 것이 꿈입니다."

은찬이는 인사를 꾸벅하고 얼른 자리에 앉았어요. 은찬이 소개가 끝나자 여기저기서 짝과 함께 작게 큭큭거리는 소리가 들렸어요. 은찬이는 얼굴이 화끈거리고 손도, 목소리도, 마음도 모두 다 떨렸어요. 온몸에서 힘이 쭉 빠져나가는 느낌이에요. 오필승이 웃으며 은찬이 어깨를 두드려줬어요.

"이름이 김은찬이야? 너, 많이 떨렸구나? 괜찮아, 처음엔 그래."

오필승은 위로하려고 한 것 같은데 은찬이는 그 말에 더 기분이 상했어요. 오필승이 우쭐거리는 것 같았거든요.

"누, 누, 누가 그래. 나, 나, 나는 하나도 안 떨려!"

하필이면 이 중요한 순간에 말을 더 많이 더듬어 버리다니!

은찬이는 오필승과 눈도 맞추지 못하면서 책상만 노려보았어요. 다행히 선생님은 은찬이의 가시처럼 따가운 말을 듣지 못했나 봐요.

오필승은 아무 말도 하지 않은 채 놀라서 은찬이를 쳐다보았어요. 은찬이와 오필승의 분위기는 얼음물을 끼얹은 것처럼 냉랭해졌어요.

쉬는 시간 종소리가 울렸어요.

이때를 기다렸다는 듯이 오필승이 은찬이에게 따졌어요.

"야, 김은찬, 좀 전에 내가 뭘 어쨌다고 신경질이냐? 어이가 없네."

"……."

은찬이는 아무 말도 하고 싶지 않았어요. 말하면 또

더듬게 될 테니까요.

은찬이가 말대꾸도 없자 오필승은 다른 아이들이 있는 곳으로 가 버렸어요.

은찬이는 짝과 잘 지내고 싶었는데 마음과 다르게 말이 나와버려서 속상했어요.

그래서 점심시간이 지나도록 가능하면 아무 말도 하지 않았어요.

"은찬아, 체육 시간에 달리기 시합한대. 드디어 내 실력을 보여줄 때가 되었어!"

영식이는 체육 시간만 기다렸나 봐요.

"다, 달리기 싫은데. 나, 나, 나는 피구가 좋아."

"다, 달리기 싫은데. 나, 나, 나는 피구가 좋아. 하하하하!"

오필승이는 은찬이가 하는 말을 그대로 따라 하고는 웃었어요.

"너, 너, 너 오필승! 따, 따라 하지 마!"

"김은찬, 나는 네가 자기 소개할 때 긴장해서 말을 더듬는 줄 알았거든. 근데 오늘 계속 옆에서 보니까 너는 말할 때마다 더듬더라."

"……."

"김은찬, 너 아직 별명 없지? 내가 만들어 줄게. 나는 딱지를 잘하니까 딱지왕, 너는 말을 잘 더듬어서 '떠듬왕'. 어때?"

"떠듬이는 달리기도 더듬거려서 못하나 보네?"

오필승이 놀리자 주위에 있던 아이들이 까르르 웃었어요.

옆에 있던 영식이가 은찬이 대신 눈썹에 힘을 주고 찡그리며 말했어요.

"야! 오필승! 너 은찬이 따라 하지 마라."

"화, 화, 화났어, 떠듬이? 미, 미, 미안."

오필승이 기도하듯이 두 손을 가슴 앞에 모으고 사과하는 흉내를 냈어요.

"……."

아휴, 속상해요. 새 학년이 되면 이렇게 놀리는 아이가 꼭 있어요. 이래서 새 학년 첫날이 학교에 가기 싫은 까닭이에요. 은찬이는 말을 배우기 시작하면서부터 말을 더듬었대요. 은찬이 부모님은 말문이 늦게 트여서 그런가 보다 생각하셨대요. 그래서 좀 더 크고 학교에 들어가면 나아지겠지 하고 여기셨대요. 그렇지만 은찬이는 1학년을 지나 2학년이 다 끝나도록 말을 더듬는 것은 줄어들지 않았어요.

아무래도 3학년은 오필승 때문에 망한 것 같아요. 은찬이는 오필승이 새 학년 첫날부터 싫어졌어요. 오필승은 기다렸다는 듯이 은찬이가 말만 하면 그대로 따라 하거든요.

'지가 뭔데, 내 별명을 지어! 너 있을 땐 내가 말을 하나 봐라! 아, 나는 왜 말을 더듬게 생겨 먹었을까…….'

오후 4시가 되면 운동장에 아이들이 하나둘씩 모였어요. 학교 버스를 타고 집에 가는 아이들이지요. 일찍 나온 아이들은 버스 옆에 가방을 세워 놓았어요. 도착한 순서대로 가방을 줄지어 놓으면 아이들은 그 순서대로 학교 버스를 타는 거예요. 은찬이와 영식이도 2호차 버스 문 앞에 가방을 세워 놓고 아이들이 모여 있는 곳으로 갔어요. 딱지치기가 시작되었거든요. 여자아이들은 딱지치기에 관심이 없었어요. 핸드폰을 가지고 동영상을 보며 이야기 나누느라 딱지치기에는 쳐다보지도 않았어요. 유치원 아이들은 그네를 타요. 은찬이도 1학년 때까지만 해도 버스 앞에 가방을 던지듯 내려놓고 그네를 타러 달려가곤 했었어요. 발을 굴러서 하늘 높이 올라가면 기분도 같이 두둥실 날아오르는 것 같았어요. 형들은 핸드폰으로 게임을 주로 했어요. 은찬이도 형들 옆에서 게임 구경을 많이 했었어요. 핸드폰이 있는 형들을 부러워하면서요. 돌봄 선생님들과 유치원 선생님들이 운동장에서 놀고 있는 우리를 지켜봐 주고 계셨어요.

오필승은 가방을 멘 채 딱지치기에 정신이 팔려 있어서 은찬이가 온 줄도 몰라요. 은찬이는 오필승이 있어서 딱지치기하는 곳에 갈까 말까 망설였어요. 오필승이 또 놀릴 것 같았거든요. 교실뿐만 아니라 다른 학년, 다른 반 아이들이 있는 곳에서까지 놀림을 받고 싶지 않았어요. 영식이가 은찬이 소매를 잡아끌었어요.

"은찬아, 우리도 가서 한번 붙어 보자."

"오, 오, 오필승이랑 하, 하기 싫은데."

"아니야, 이런 때일수록 오필승 코를 납작하게 해 줘야지."

영식이 말이 맞는 것 같았어요. 은찬이는 주머니 속에 있는 딱지를 힘껏 움켜쥐었어요.

요즘은 드래곤몬스터 딱지가 유행이에요. 은찬이는 제일 좋아하는 드래곤몬스터 딱지를 항상 가지고 다녔어요. 날렵한 몸으로 신출귀몰하면서 입에서 불화살을 뿜어내면 상대방은 꼼짝을 못했어요. 은찬이는 그 딱지를 가지고 다니면 왠지 불화살을 장착한 드래곤몬스터가 언제까지나 자신을 수호해 줄 것만 같았어요.

"오, 오, 오필승! 나, 나, 나랑 한 판 붙자."

"오~ 떠, 떠, 떠, 떠듬이도 딱지왕한테 도전하는 거임?"

"따, 따, 따라 하지 말랬지!"

"아, 아, 알겠어. 떠듬이! 따, 따, 딱지나 내려놔."

은찬이는 약이 올라서 주머니에서 딱지를 꺼냈어요. 그리고는 땅바닥을 향해 '딱' 소리 나게 힘껏 내리쳤어요. 드래곤몬스터 딱지가 햇살에 반짝거렸어요.

"야, 김은찬! 그건 네가 제일 아끼는 딱지잖아!"

영식이가 놀라서 눈을 동그랗게 뜨며 얼른 딱지를 주웠어요.

"괘, 괘, 괜찮아. 내, 내가 이기면 돼."

"앗싸! 나도 몬스터 종류 중에 드래곤몬스터 딱지 진짜 좋아하는데!"

드래곤몬스터 딱지가 은찬이를 지켜 줄 거예요. 딱지로 오필승이 더는 약 올리지 못하도록 본때를 보여 줘야 해요.

오필승과 가위바위보를 했어요. 주위에 있는 아이들이 입을 모아 외쳤어요.

"안 내면 진다, 가위바위보! 보! 보!" 은찬이가 이겼어요. 한 번에 딱지를 뒤집으면 얼마나 좋을까요.

크게 숨을 들이쉬고 마음속으로 빌며 은찬이는 드래

곤몬스터 딱지로 오필승의 딱지를 내려쳤어요.

오필승 딱지 옆에서 은찬이의 드래곤몬스터 딱지가 발라당 뒤집혔어요. 은찬이는 낭패감을 느끼며 가슴이 조마조마해졌어요. 고무 딱지는 아래쪽은 편평하지만, 위쪽은 캐릭터 모양이 입체로 만들어져 있어서 뒤집히면 바닥에서 떠 있게 되니까 넘어가기 쉽거든요. 땅바닥에 기우뚱 뒤집혀 드래곤몬스터가 불쌍하게 버둥거리는 것만 같았어요. 오필승의 눈이 반짝반짝 빛나고 표정이 진지해졌어요.

"앗싸! 찬스! 떠듬이, 가, 가, 각오는 돼 있겠지!"

오필승이 정확하게 드래곤몬스터 위로 딱지를 후려쳤어요. 그 바람에 은찬이가 아끼는 딱지가 홀딱 뒤집히고 말았어요. 오필승은 신이 나서 하늘에 팔뚝질하며 펄쩍펄쩍 뛰었어요.

집으로 돌아오는 학교 버스 안에서 은찬이는 한마디도 하지 않았어요. 더듬는 말을 따라 하는 것도 약 올라 죽겠는데 가장 아끼는 딱지까지 오필승한테 넘겨주고 말았어요. 옆에 앉은 영식이도 은찬이의 표정을 살피기만 했어요. 그 일이 있은 후 은찬이는 오필승이랑 말을 하지 않았어요.

내가 특별히 너한테는 싸게 팔게

"은찬아, 엄마 다녀올게! 이따가 심심하면 놀러 와."

엄마가 은찬이 방을 향해 말하며 현관문을 나섰어요. 우리 동네에는 커다란 공원이 있어요. 이름이 감나무골 공원이에요. 옛날에 감나무가 많았던 마을이라서 이름을 그렇게 지었대요. 동네 사람들이 아침, 저녁으로 산책도 하고 운동도 하는 곳이에요. 특히 공원 안의 정자는 할아버지, 할머니들이 모여서 두런두런 이야기

도 나누는 사랑방 같은 곳이에요. 그런 이 공원에서는 한 달에 한 번씩 첫째 주 토요일에 장터가 열려요. 장터가 생긴 지 오래되다 보니까 제법 유명해져서 이제는 먼 곳에 사는 사람들도 일부러 찾아서 오기도 해요. 어떤 사람들은 물건을 팔러 오고, 어떤 사람들은 구경하러 오기 때문에 장터가 열리는 날이면 공원은 잔칫집처럼 사람들로 북적거렸어요.

우리 동네 토요 장터는 좀 특별해요. 강아지 옷, 앞치마, 원피스, 귀걸이, 수세미, 떡, 주스 등 사람들이 물건을 직접 만들어서 팔거나 집에서 사용하지 않는 믹서기, 그릇, 책, 돗자리, 가방 등 재활용품을 가지고 나와서 저렴하게 팔았어요. 은찬이는 장이 서는 날이면 엄마를 따라가서 꽈배기도 먹고, 식혜도 마시고, 기타 치는 형들의 노래를 듣기도 했어요. 이제 10살이 되니까 그것도 조금 시시하게 느껴져서 더 이상 엄마를 졸졸 따라다니지 않기로 했어요.

텔레비전을 보고 있는데 전화벨이 울렸어요. 장터에 있을 엄마였어요.

"은찬아, 엄마가 서둘러 나오는 바람에 젤리를 놓고 왔어. 냉장고에 있으니까 가지고 올래?"

엄마는 과일로 젤리를 아주 잘 만들어요. 엄마가 만든 젤리를 냉동실에 넣어서 살짝 얼려 먹으면 달콤하고 시원한 것이 꿀맛이에요. 엄마는 이웃 아줌마의 추천으로 젤리를 만들어서 장터에서 팔기 시작했어요. 포도 맛, 오렌지 맛, 자몽 맛 등 그때그때 나오는 과일로 젤리를 만들었어요. 초록, 보라, 주황, 빨강 등 모아 놓으면 무지개처럼 알록달록한 것이 색깔도 예뻤어요.

은찬이는 엄마의 심부름을 마치고 공원에 온 김에 장터를 한 바퀴 구경하기로 했어요. 손수건, 에너지바, 향초, 꽈배기, 식혜, 액세서리 등 볼거리도 많고 장터는 사람들로 붐볐어요.

"야, 김은찬!"

누군가 은찬이를 부르는 소리에 주위를 두리번거렸어요. 그때 꽈배기를 만들어 파는 아저씨 옆자리에 앉아 있는 남자아이가 은찬이를 쳐다보며 씩 웃고 있었어요.

"누, 누, 누구세요? 제, 제 이름을 어, 어떻게 알아요?"

은찬이는 어리둥절한 얼굴로 남자아이를 쳐다보았다.

"너는 미동초등학교 3학년 김은찬이고, 나는 그 학교 유명한 6학년 고한별 형이시다."

고한별이라는 형은 변성기가 왔는지 목소리가 걸쭉하고 둥둥둥 울리는 낮은 북소리 같았어요.

"됐고, 우린 같은 학교 다니니까 내가 특별히 너한테는 싸게 팔게."

고한별 형은 500조각 직소 퍼즐과 여러 딱지를 가지고 나와서 팔고 있었어요.

직소 퍼즐은 은찬이가 좋아하는 영화에 나왔던 그림이에요. 딱지는 만화에서 보았던 여러 가지 캐릭터의 딱지들이 섞여 있어요. 그중에서 전체 바탕은 반짝이는 펄이 섞여 있고, 우윳빛이면서 투명한 데다가 가운데에 멋진 공룡 스테고사우루스 모습이 있는 딱지가 한눈에 들어왔어요.

스테고사우루스는 공룡 딱지 중에서 은찬이가 제일 좋아하는 것이었어요. 도마뱀처럼 생긴 것도 같고 등에 나란히 배열되어 있는 화려한 골판은 힘을 과시하는 듯한 모습이지요.

"나, 나, 나는 이제 10살이라서 이, 이, 이제 장난감 필요 없는데……."

은찬이는 고한별 형의 눈치를 살피면서 점점 목소리가 작아졌어요. 이 형도 말을 더듬는다고 무시할지도 몰라요.

"내가 겨우 장난감을 파는 것 같아? 이건 장난감이 아니라 마법을 부르는 물건이라고."

고한별 형은 은찬이의 시선이 가는 곳을 알아채고는 웃으면서 말했어요.

"너 지난번에 운동장에서 딱지치기할 때 드래곤몬스터 딱지 따먹혔지? 음……, 너는 이 마법이 안성맞춤이겠다. 학교 후배라서 특별히 선물로 준다."

기억하고 싶지 않은 과거를 들춰내다니. 은찬이는 다시 기분이 엉망이 되려고 해요. 그래서 고한별 형이 내밀고 있는 손을 못 본 체했어요.

"너도 책 많이 읽어서 알겠지만, 소원은 세 개만 들어주는 것 알지? 마법에 대해서는 다음에 만나면 알려 줄게."

하더니 고한별이라는 형은 은찬이 손에 스테고사우

루스 딱지를 쥐어 주었어요. 그리고는 자리를 서둘러 정리하고는 후다닥 가 버렸어요. 지나친 친절은 의심을 만들어요. 고한별 형이 그래요. 왜 달라고 하지도 않은 딱지를 급하게 주고는 도망을 갈까요? 은찬이는 고한별 형이 어딘가 좀 이상하고 께름칙하게 느껴졌어요.

학교에서 피해야 할 사람이 오필승 말고 또 한 명 생긴 것 같아요. 은찬이는 고한별 형이 건네준 딱지를 땅바닥에 던져 버렸어요.

'쳇, 이따위가 소원을 들어준다고? 거짓말!'

뒤돌아서 몇 발자국 가는데 꽈배기 파는 아저씨가 은찬이를 불러 세웠어요.

"김은찬! 쓰레기 버리는 것 다 봤다. 얼른 주워 가라."

은찬이는 되는 일이 없다고 생각했어요. 마지못해 스테고사우루스 딱지를 다시 주워서 집으로 돌아왔어요.

은찬이는 골판이 멋진 스테고사우루스가 아깝긴 하지만 스테고사우루스 딱지에 '똥필승'이라고 이름을 붙여 주었어요. 오필승도 은찬이한테 '떠듬이'라고 별명을 만들어 주었으니까 이제 서로 비겼어요.

"내, 내, 내가 말을 더듬고 싶어서 더듬겠냐!"

하면서 은찬이는 똥필승 딱지를 책상 위에 내리쳤어

요. 그랬더니 기분이 나아지는 것도 같았어요.

"따, 따, 따라 하니까 재미있냐!"

하면서 또 똥필승 딱지를 내리쳤어요.

은찬이는 속이 후련해지는 것도 같았어요. 오필승을 때릴 수는 없고, 오필승 앞에서 욕하는 것도 무서웠는데, 딱지에 오필승 이름을 똥필승으로 붙여서 바닥에 내리쳤더니 가슴속에 쌓였던 무언가가 시원하게 뻥 뚫리는 것 같았어요.

월요일, 똥필승 딱지를 주머니에 몰래 넣어 학교에 가지고 갔어요. 이제 은찬이를 보호해 줄 드래곤몬스터 딱지는 없었어요. 대신 오필승이 은찬이를 따라서 말을 더듬으며 놀릴 때마다 똥필승 딱지를 이 손바닥에서 저 손바닥으로 양손에 내리치면서 마음속으로 구박했어요.

영식이가 다가와 중간에 딱지를 가로채며 말했어요.

"어! 딱지치기 연습해? 스테고사우루스 딱지네. 어라,

근데 스테고사우루스 골판에 있는 이건 뭐지? 다른 스테고사우루스 딱지에서는 못 봤던 것 같은데?"

은찬이는 얼른 영식이 손에 있는 똥필승 딱지를 낚아채고는 바지 주머니에 넣었어요.

"지, 지, 지난 토요일에 장터에 갔는데, 유, 유, 육 학년 형이라면서 나한테 억지로 팔았어."

수업 종이 울리자 영식이는 자리로 돌아갔어요. 은찬이는 선생님이 쳐다보지 않는 틈을 타서 다시 똥필승 딱지를 꺼내어 살펴보았어요. 영식이 말대로 스테고사우루스 등에 있는 골판에 보석 같은 것이 볼록하게 나와 있었어요. 첫 번째 보석에는 루비처럼 붉은색, 두 번째 보석에는 사파이어처럼 파란색이, 세 번째에는 에메랄드처럼 초록색이 있어요. 지그시 눌러보니 말랑말랑해요. 이것이 고한별 형이 말했던 마법일까요? 은찬이는 책상 밑에서 선생님 몰래 루비색의 보석 모양만 눌

러봤어요. 딱지는 아무런 변화가 없어요. 그래서 이번에는 알라딘의 램프처럼 손가락으로 쓱쓱 문질렀어요. 딱지는 여전히 아무 일도 일어나지 않았어요.

'에이……. 그럼 그렇지. 마법은 무슨! 거짓말쟁이.'

점심시간이 되었어요.

"야, 오, 오, 오필승!"

"부, 부, 불렀어, 떠듬이?"

오필승이 우스꽝스러운 표정을 지으며 대답했어요.

"이, 이, 이따가 학교 끝나고 운동장에서 하, 하, 한판 붙자. 내, 내, 내가 떼인 드래곤몬스터 딱지에 도, 도, 도전할 거야."

은찬이는 애정하는 드래곤몬스터 딱지를 되찾고 싶었어요.

"나야, 언제든지 도전을 받아주지. 그것이 딱지왕의 숙명이랄까? 떠듬이, 가, 가, 각오해!"

은찬이는 힘주어 입술을 꾹 다물고는 주머니 속에 있는 똥필승 딱지를 움켜쥐었어요.

다른 아이들은 보통 은찬이의 말투를 한두 번 따라 해 보고는 그만뒀어요. 그리고는 김은찬은 원래 말을 더듬는 아이라고 여겨주고 받아 주거든요. 그런데 오필승은 그럴 생각이 없나 봐요.

'오필승, 너 자꾸 따라 하지 마!'

마음속으로 말을 할 때는 더듬지 않고 자연스럽게 하는데, 대체 왜 입 밖으로만 나오면 더듬게 되는 걸까요?

은찬이는 다른 아이들처럼 화를 무섭게 내고 싶을 때가 있어요. 그렇지만 말을 더듬으니까 공포 분위기보다는 오히려 웃기는 상황이 되어 버렸어요. 그럴수록 은찬이는 점점 더 화가 나게 되지만 그 기분을 말로 표현할 수가 없어서 답답했어요.

운동장으로 아이들이 모여들고 있어요. 은찬이와 오

필승이 가위바위보를 했어요.

딱지를 칠 때마다 운동장 바닥에 안정적으로 착 달라붙는 두 딱지는 좀처럼 뒤집히지 않았어요.

"김은찬 떠듬아, 오늘은 여기서 그만둬야겠다."

검은색 승용차가 들어오는 것을 보면서 오필승이 제안했어요. 오필승을 태우러 엄마가 오신 모양이에요. 떠듬이라는 소리를 듣는 순간 은찬이는 욱하고 열이 올랐어요.

"아, 아, 안돼!"

"아, 아, 안돼?"

은찬이는 얼른 딱지에 후후 입김을 불고 바지에 쓱쓱 닦으며 혼잣말로 중얼거렸어요

"마, 마, 말 못하게 오, 오, 오필승 목에 가시나 걸려라."

은찬이의 수호 딱지였지만 이제는 오필승의 딱지가 되어 버린 드래곤몬스터 딱지 위로 내리치는 순간이었어요.

"켁, 켁, 켁!"

갑자기 오필승이 사레들린 것처럼 갑자기 기침을 심하게 했어요.

얼굴이 시뻘게지도록 멈추지 않자, 차에서 기다리던 오필승의 엄마가 급히 달려와 등을 두드리고 쓰다듬었어요. 주위에 있던 선생님들도 놀라서 달려오시고, 아이들도 몰려들었어요. 오필승이 기침을 해대는 바람에 딱지치기 도전은 중단되었어요. 그래도 오필승이 갑자기 기침하면서 힘들어할 때 은찬이는 고소하다고 생각했어요.

'갑자기 왜 저래? 그래도 오필승, 쌤통이다.'

다음에 붙을 때는 반드시 수호 딱지인 드래곤몬스터 딱지를 되찾고 말겠다고 은찬이는 다짐했어요.

저, 저의 소원은요

'진짜 지니가 나올까?'

은찬이는 작은 주전자처럼 생긴 램프를 조심스럽게 살살 문질렀어요. 램프는 그대로 있어요. 이게 아닌가?

다시 한 번 램프의 불룩 나온 배를 호호 불며 예쁘다는 듯이 쓰다듬어요. 그랬더니 램프는 기침하듯 쿨럭쿨럭 흔들리며 주둥이로 흰 연기가 뿜어져 나와 천정으로 솟구쳐 올라갔어요. 와아! 영화에서 보았던 지니가 정말로 나타났어요!

연기 속의 지니가 팔짱을 끼고 은찬이를 내려다보며 왼쪽 눈을 찡긋했어요.

"소원을 한 가지 말해 보시오."

"소, 소원이 겨, 겨우 하나 밖에 아, 안 돼요?"

'부자가 되게 해 달라고 할까? 사고 싶은 것 다 살 수 있으니까 좋을 거야. 딱지치기를 잘하게 해 달라고 할까? 친구들이 부러워하고 인기도 많겠지. 오필승도 이길 수 있어……'

"오! 냉큼 소원을 말하시오! 내 마법연기가 사라지고 있소!"

'아, 왜 하필 소원이 하나밖에 없냐고……'

은찬이는 망설이다가 겨우 소원을 하나 정했어요. 소원이 이루어질 것을 상상만 해도 설레었어요.

"저, 저의 소, 소원은요. 남, 남들처럼 말을 더, 더,

저, 저의 소원은요

39

더듬지 않……"

"오, 저런! 시간이 지났소!. 소원은 들어줄 수가 없겠소."

하면서 지니는 새침한 얼굴로 램프 속으로 쏙 빨려 들어가 버렸어요.

나 참, 뭐 이런 꿈이 다 있을까요? 어이가 없어서 웃음도 안 나와요. 은찬이는 잠에서 깼지만, 눈을 뜨지 않았어요.

꿈속에서조차도 말을 더듬어서 기회를 놓쳐 버렸어요. 말을 더듬으면 그 어떤 것도 제대로 할 수 없는 세상이에요. 세상 모든 사람이 말을 더듬으면 좋겠어요. 그러면 은찬이를 우습게 보거나 답답해하지 않을 테니까요. 말을 더듬는 게 평범한 것이고, 정상이 될 테니까요. 유치원 다닐 때 마술 공연을 본 적이 있어요. 마술은 없는 것을 보이게 하고, 있는 것을 사라지게 할

수 있어요. 정말 신기했어요. 그리고 무엇보다 마술사
는 마술만 하고 말을 하지 않았어요. 말 대신 손과 표
정만으로도 무슨 뜻인지 다 알 수 있었어요. 그때부터
말을 더듬는 은찬이는 마술사가 되기로 마음먹었어요.

"김은찬! 빨리 일어나! 학교 버스 놓치겠어!"

엄마가 몇 번이고 소리 질러 깨워도 은찬이는 누워서
꿈쩍도 하지 않았어요. 은찬이는 학교 가기 싫어서 최
대한 꾸물거렸어요. 학교에 가봤자 오필승의 놀림이나
받지, 재미있는 일이 없었어요. 결국, 은찬이는 터벅터
벅 걸으며 학교 버스를 타러 갔어요.

아이들이 은찬이 자리에 모여 있었어요. 오필승이 목
에 힘줄을 세우며 목소리를 높이고 있어요.

"진짜야! 너희도 봤잖아! 내가 물을 마시고 있었던 것
도 아니야. 과자를 먹지도 않았잖아?"

"그럼 오필승, 네가 너무 긴장해서 너도 모르게 침을

잘못 삼켰나 보네. 침 잘못 삼킬 때도 기침이 막 나오 잖아."

"그래, 오필승, 네가 아무리 딱지왕이라도 실수하는 날도 있는 거지. 그게 하필 어제 김은찬과 붙었을 때 일어난 것이고. 크큭큭큭."

"아, 답답해 죽겠네. 아니라니까! 그냥 갑자기! 뜬금없 이 켁켁! 이렇게 기침이 막 나왔다니깐!"

오필승 주위에 아이들이 모여서 어제 운동장에서 있었던 딱지치기 사건에 대해 얘기하는 중이었어요. 때마침 은찬이가 교실로 들어오는 것을 세호가 발견 했어요.

"김은찬 왔다. 김은찬! 오늘 딱지치기 연장전 해야 지?"

"너, 너, 너희들, 내, 내 자리에서 비켜 줄래?"

은찬이는 세호의 물음에 어떻게 답을 해야 할지 망설

였어요.

"너, 너, 너희들, 비, 비켜 줄래. 내, 내, 내 짝꿍 떠듬이 자리거든?"

오필승이 또 시작했어요. 은찬이는 자리에 털썩 앉았어요. 오필승은 아프지도 않은가 봐요. 결석도 하지 않거든요. 어제 운동장에서 그렇게 심하게 기침을 했으면 오늘 하루 정도는 학교에 오지 않아도 괜찮을 텐데요. 은찬이는 학교에 오자마자 오필승의 모든 말과 행동들이 거슬리기 시작했어요.

"떠듬아, 어제 못한 대결을 오늘 끝내자. 이따가 학교 끝나고 운동장에서 오케이?"

아이들이 은찬이 입만 쳐다보고 있어요. 재밌는 구경거리가 생겼나 봐요. 은찬이는 입술에 힘을 꾸욱 주고 다물었어요. 엄마가 버섯을 숟가락에 얹어서 은찬이 입까지 갖다 대었을 때처럼 말이에요. 그러면 엄마도 어쩌지 못했어요. 그런데 은찬이가 대답하지 않자 주위 애들이 오필승보다 더 난리를 쳤어요.

"김은찬, 할 거야?"

"당연하지! 오늘 결판을 내야지!"

"김은찬, 네가 아끼고 자랑했던 드래곤몬스터 딱지 다시 따와야지!"

아이들이 은찬이를 부추겼어요.

"야, 야, 됐어! 당연한 것을 뭘 물어봐. 이따 운동장에서 다시 모이자! 김은찬, 안 나오면 비겁해지는 거다."

아이들은 자기들끼리 북 치고 장구 치더니 모두 다 결정하고 자리로 돌아갔어요.

은찬이는 수업 시간에 선생님 말씀이 귀에 들어오지 않았어요. 아이들은 쉬는 시간이나 점심시간이 되면 교실 뒤쪽에서 딱지치기를 했어요.

은찬이는 화장실에 혼자 있는 것을 확인하고 나서야

주머니에 있는 똥필승 딱지를 꺼냈어요.

"오, 오, 오필승! 너, 너, 내가 이따가 코, 코, 코를 납작하게 해 주겠어!"

똥필승 딱지를 쥐고 팔을 높이 쳐들었어요. 그때 화장실 문을 벌컥 열고 누군가 들어왔어요. 은찬이는 놀라서 엉겁결에 팔을 얼른 내려 허리춤 뒤에 숨겼어요.

"김은찬이네, 내가 준 딱지는 잘 쓰고 있어?"

6학년 고한별 형이었어요. 하필이면 화장실에서 단둘이 만나서 은찬이는 도망갈 수도 없었어요. 고한별 형이 또 이상한 소리를 할까 봐 게걸음으로 슬며시 문쪽으로 피했어요.

"으, 응."

"잘 생각해서 마법을 써야 해. 막 쓰면 후회하게 될걸."

'마법은 무슨……. 아무 일도 일어나지 않던데.'

"의심하지 말고. 네가 벌써 한 번 썼잖아. 딱지 잘 봐 봐. 달라진 게 있을 거야."

고한별 형은 그렇게 말하고는 화장실을 나갔어 요. 형은 자세히 말해 주지도 않아요. 하기야 거 짓말이니까 그렇겠지요.

'어? 똥필승 딱지에 빨간 루비 보석처럼 말랑말 랑했던 것이 하나
없어졌다!'

은찬이는 똥필승 딱지를 찬찬히 살펴보았어요. 고
한별 형의 말이 맞는 것일까요? 맞는다면 은찬이는 언
제 마법을 사용한 것일까요? 어떤 마법인지도 모르고
주문이 뭔지도 모르는데요. 은찬이가 자신도 모
르게 우연히 마법을 쓴 것일까요? 그렇다면 어
떤 마법을 쓴 것일까요? 은찬이는 아무것
도 알 수가 없었어요. 은찬이는 다시 똥필
승 딱지를 확인했어요. 어제 분명히 있었
던 루비 보석 모양은 왜 사라진 것일까요?
고한별 형은 중요한 것은 가르쳐 주지 않
고 가버렸어요. 진짜 마
법이라면 방법
을 알려줘

야죠. 은찬이는 어제와 오늘 사이에 자신이 어떤 마법을 걸었는지, 어떤 행동을 했었는지 곰곰이 생각해 보았지만 알 수 없었어요. 방법을 알면 오늘 오필승과 딱지치기 할 때 마법을 걸어서 단번에 이길 수 있을 텐데요.

학교가 끝나고 은찬이는 달팽이처럼 느릿느릿 운동장으로 걸어갔어요. 벌써 달려 나가고 있는 오필승이 꼴도 보기 싫었거든요. 괜히 오필승과 딱지치기를 시작했어요. 후회해 봤자 소용없어요. 오늘 애지중지하는 수호신 딱지를 되찾으면 앞으로는 절대로 오필승과 딱지치기를 하지 않을 생각이에요. 오필승과는 친구가 될 수 없을 것 같아요. 말이 잘 통하는 것이 친구예요. 영식이와 같이 얘기하면 신이 나는데, 오필승과 하면 화가 나요.

"야, 떠듬이! 빨리 와! 너는 말만 더듬는 게 아니라 발도 더듬냐. 말도 답답하고 행동도 답답하고. 별명을 답답이로 바꿔줄까?"

오필승이 슬슬 은찬이의 약을 올렸어요. 은찬이는 얼굴이 벌게지기 시작했어요.

"안 내면 지기, 가위바위보! 보!"

은찬이와 오필승을 둘러싼 아이들이 한목소리로 외쳤어요.

오필승이 손바닥으로 빗자루처럼 땅바닥을 깨끗이 쓸어서 말끔한 자리에 딱지를 올려놓았어요.

드래곤몬스터 딱지가 은찬이의 눈과 마주치자 반짝 빛났어요. 주인인 은찬이가 다시 데려가 주기를 바라는 것 같았어요.

"픽!"

똥필승 딱지가 드래곤몬스터 딱지를 치고는 튀어 오르더니 홀라당 뒤집혀 졌어요.

"하하하하하하! 떠, 떠, 떠듬이 딱지 되게 못 치네. 그, 그, 그 수준으로 감히 나한테 도, 도, 도전한다고!"

"타, 타, 타임!" 갑자기 은찬이는 스테고사우루스 똥 필승 딱지를 얼른 잡았어요.

"타, 타, 타임? 하하하하하, 떠, 떠, 떠듬이, 가지가지 한다. 너희 가족들도 모두 너처럼 마, 마, 말을 더듬냐?"

딱지치기에서 이기려는 오필승의 작전일까요? 은찬이는 얼굴이 붉으락푸르락해지고 귀까지 새빨개졌어요. 지렁이도 가족을 욕하면 못 참을걸요.

"야! 너, 너, 너 말 다, 다, 다했어!"

오필승이 실실 웃으며 깐족거렸어요. 은찬이가 주먹을 불끈 쥐고 오필승을 노려보았어요.

"야, 김은찬, 빨리해. 학교 버스 출발할 시간 다 됐어."

"가족까지 끌어들이는 건 아니지. 오필승도 빨리 사과해. 이러다 오늘도 딱지치기 안 끝나겠어."

구경하던 아이들이 여기저기에서 재촉했어요.

"에헤헤, 쏘리, 쏘리! 떠, 떠, 떠듬이 화났어요?"

은찬이는 흙 묻은 똥필승 딱지를 바지에 쓱쓱 닦고 살며시 제자리에 놓으며 말했어요.

"오, 오, 오필승, 너도 마, 말 더듬어라!"

은찬이가 말하는 사이에 이미 오필승은 드래곤몬스터 딱지로 똥필승 딱지를 내리치고 있었어요.

"와아아아! 넘어갔다!"

세호가 외쳤어요. 똥필승 딱지가 뒤집히고 말았어요.

오필승도 만세를 부르는 것처럼 두 팔을 번쩍 들더니 "오예!" 외치며 기뻐했어요. 오필승이 은찬이의 드래곤 딱지도, 스테고사우루스 똥필승 딱지도 모두 가져가 버렸어요.

은찬이는 자기도 모르게 눈물이 나왔어요. 아이들이 볼까 봐 얼른 옷소매로 눈물을 훔쳤어요. 그런데 눈물이 멈추지 않았어요. 세상은 왜 이렇게 불공평한 걸까요? 오필승이 은찬이를 봤어요.

"우, 우, 우냐."

"그, 그, 그래! 운다! 조, 좋냐!" 은찬이는 엉엉 소리 내어 울었어요.

선생님들이 무슨 일인가 쳐다보자 오필승은 쌩 달려서 버스 속으로 쏙 들어가 버렸어요. 영식이는 은찬이의 가방을 들어서 자기 가슴 앞쪽으로 멨어요. 그리고 은찬이의 팔을 끌며 영식이와 은찬이는 학교 버스를 향해 시든 꽃처럼 축 늘어져서 힘없이 어슬렁어슬렁 걸어갔어요.

무슨 마법 딱지가 딱지치기에서 뒤집혀서 넘어가요? 마법이 있으면 절대로 넘어가지 말아야 하는 것 아닌가요? 드래곤몬스터 딱지도 떼이고, 마법인지 뭔지 하는 스테고사우루스 똥필승 딱지도 떼었어요. 오필승한테 놀림당하는 것도 분해 죽을 지경인데 딱지치기까지 연달아 져서 울화가 치밀었어요.

눈에는 눈! 이에는 이!

첫째 시간은 국어 시간이었어요.

"극본을 읽었으니 이제 모둠별로 피노키오 인형극을
해 보겠어요. 역할을 정해서 연습해 봅시다. 내용을 바
꿔서 해도 좋아요."

선생님은 역할극을 할 수 있게 모둠을 짜 주셨어요.
은찬이는 짝꿍인 오필승과 앞자리에 앉아 있는 세호,
은우가 모둠이 되었어요.

'그럼, 그렇지. 나에게 행운의 여신은 어울리지 않지.'

은찬이는 오필승과 또 엮이게 된 게 이제 아무렇지도 않았어요. 기대조차도 하지 않았어요.

"역할을 정하자. 제페토 할아버지는 내가 할게."

세호는 하고 싶은 역할에서 새치기라도 당할까 봐 얼른 말했어요.

"우리 모둠은 아주 특별하게 하자. 떠듬이가 피노키오를 하는 거야. 말을 더듬거릴 때마다 코가 길어지는 거지. 큭큭큭큭! 재미있지 않냐!"

오필승은 재미있어 죽겠다는 듯이 배를 움켜쥐었어요.

"오필승, 그만해라. 너무 심하잖아."

은우가 은찬이 눈치를 보며 오필승한테 작게 말했어요.

"야, 아이디어 좋잖아. 이번 기회에 은찬이 말 더듬는 것도 고치고. 야, 떠듬이, 내가 고맙지?"

은찬이는 국어책을 책상 위에 집어 던졌어요.

선생님께 혼이 나고 남은 국어 시간 끝날 때까지 은찬이와 오필승은 교실 뒤에 가서 서 있어야 했어요. 은찬이는 여전히 화가 머리끝까지 나서 고개를 숙이고 있었는데, 오필승은 아무렇지도 않은 지 빳빳하게 들고 있어요. 은찬이는 그런 오필승이 너무너무 얄미웠어요.

점심시간이 되자 남자아이들은 교실 뒤에서 딱지치기에 한창이에요. 다음 주에 다른 반이랑 한 판 하기로 했대요. 은찬이는 교실을 나왔어요. 딱히 갈 데도 없어서 그냥 화장실에 갔어요.

화장실에는 기다렸다는 듯이 고한별 형이 있었어요.

"어제 왜 운동장에서 마법을 안 썼어? 아차, 마법을 어떻게 써야 하는지 모르겠구나?"

"혀, 혀, 형은 스토커야? 어, 어, 어떻게 알았어?"

"운동장이 그렇게 시끄러운데, 모르면 더 이상한 거 아냐?"

"혀, 형. 마, 마, 마, 마법 있다는 거 말이야, 그, 그, 그거 다 뻥이지?"

"나, 참. 야, 김은찬, 이리 가까이 와 봐."

고한별 형은 은찬이한테 마법을 사용하는 방법을 알려 주었어요.

"딱지에 보석이 있는 부분에 정성을 담아서 너의 입김을 불어. 너의 영혼이 보석 안으로 들어가는 것처럼 말이야. 그리고 상대방에 대한 마법의 주문을 거는 거지. 여기서 중요한 점이 있는데 그 마법은 자신한테는 사용하지 못해. 그리고 상대방이 주위에 있을 때 주문을 걸어야 마법이 걸려."

고한별 형이 말한 게 정말일까요? 은찬이는 지난 일을 떠올렸어요.

'저번에는 나도 모르게 마법을 걸어서 오필승이 캑캑거린 거였나?'

그런데 무슨 마법이 자신한테는 써먹지를 못하는 걸까요? 그냥 은찬이가 말을 더듬지 않게 해 달라고 마법만 걸면 모든 문제가 아주 간단하게 해결되는데 말이에요.

은찬이는 그런 마법 딱지가 마음에 들지 않았어요. 그렇지만 없는 것보다 나으니까 잘 사용하면 괜찮겠지요?

은찬이는 교실로 돌아와 오필승이 어디 있는지 두리번거렸어요. 은찬이는 똥필승 딱지가 필요했어요. 아직 마법을 사용할 수 있는 두 번의 기회가 남아있으니까요. 은찬이는 어제 떼인 마법 딱지가 어디 있는지 궁금했어요. 오필승은 교실 뒤에서 세호와 딱지치기에 여념이 없었어요. 은찬이는 다른 아이들이 의심하지 않게 자기 책상 안을 보는 것처럼 하면서 오필승 책상 안을 슬쩍 들여다보았어요. 없어요. 기지개를 켜는 시늉을 하면서 오필승의 살짝 벌어져 있는 가방 틈을 엿보았어요. 거기도 없어요. 다시 오필승을 보았어요. 그랬더니 오필승 오른 무릎 옆에 딱지 상자가 보란 듯이 있어요. 저 상자 안에 은찬이의 드래곤몬스터 딱지와 똥필승 딱지가 들어있겠지요. 그렇지만 은찬이가 오필승의 딱지 상자를 가까이할 수 있는 기회는 좀처럼 오지 않았어요.

'두고 봐, 오필승. 가만두지 않겠어. 눈에는 눈! 이에는 이!'

은찬이는 오필승에게 딱지치기에서 진 것과 말을 더듬어서 놀림당한 것을 꼭 갚아주겠다고 다짐했어요.

드디어 때가 왔어요! 은찬이는 이리저리 궁리하느라 책상에 엎드려 있었어요. 그때 오필승이 수업 시작하기 직전에 딱지 상자를 책상 위에 올려 두고 화장실에 갔던 것이에요! 은찬이는 번개보다 빠르게 딱지 상자를 열고 뒤적거리며 똥필승 딱지를 찾았어요. 드래곤몬스터 딱지까지도 찾아서 막 잡으려는 순간 교실 뒷문 쪽에서 오필승 웃음소리가 들려서 얼른 뚜껑을 덮고 아무 일도 없던 것처럼 다시 엎드렸어요. 다행히 오필승이 눈치채지 못했나 봐요. 아무 의심 없이 딱지 상자를 가방에 넣었거든요.

은찬이는 슬며시 일어나 화장실로 달렸어요. 변기가 있는 곳으로 들어가 문을 잠갔어요. 심장이 계속 쿵덕쿵덕 두근거리고 손이 덜덜 떨렸어요. 은찬이는 똥필승 딱지를 꺼내어 파란 사파이어 보석 모양에 '하아하아' 입김을 불고 낮은 목소리로 속삭였어요.

"오, 오, 오필승이 죽을 때까지 말을 더, 더듬게 해 주세요."

은찬이는 고한별 형이 알려준 대로 마법을 걸었어요. 제발 마법이 걸리면 좋겠어요. 은찬이는 똥필승 딱지를 주머니에 넣고 조마조마한 마음으로 교실로 돌아왔어요. 그리고 자리에 앉으며 오필승을 흘깃거리며 지켜보았어요.

"떠듬이, 왜, 왜, 왜 이렇게 느려."

오필승이 말을 더듬었어요. 은찬이를 놀리려고 오필승이 흉내 낸 것일까요? 은찬이는 오필승의 다음 말을 기다렸어요.

"……."

그런데 오필승이 더 이상 말을 하지 않아요. 오필승은 놀릴 때 배시시 웃곤 했는데 웃지 않았어요. 오필승이 말을 진짜 더듬게 된 걸까요? 드디어 마법의 주문에 걸린 것일까요?

은찬이가 궁금해하고 있는데 앞자리에 앉아 있는 세호가 뒤돌아보며 오필승한테 물었어요.

"오늘도 버스 앞에서 딱지치기할 거야?"

"모, 모, 몰라!"

오필승이 갑자기 짜증을 냈어요. 마법의 주문이 걸려서 그럴까요?

"왜 성질을 부리고 난리야. 안 하면 그만이지."

세호가 홱 돌아서 앞을 보았어요. 세호도 화가 났나 봐요. 그러더니 다시 뒤돌아보며 오필승을 향해 쏘아

댔어요.

"오필승! 지겹지도 않냐. 말 그만 더듬어. 짜증 나거든!"

"돼, 됐어! 짜, 짜증 나면 앞이나 봐! 왜, 왜, 왜 자꾸 뒤를 보냐고!"

오필승은 은찬이와 말할 때만 더듬는 흉내를 냈었어요. 그런데 세호랑 말할 때도 말을 더듬었어요! 진짜 마법이 먹혔나 봐요! 은찬이는 그동안 쌓였던 스트레스가 확 풀리는 기분이었어요. 시원한 얼음물을 벌컥벌컥 마시는 기분 말에요.

쉬는 시간을 알리는 종이 울렸어요. 영식이가 오필승한테 다가왔어요.

"오필승! 딱지치기하자. 네가 은찬이한테 따먹은 스테고사우루스 딱지랑 한판 붙어. 은찬아, 이 형아가 먼저 스테고사우루스 딱지부터 따서 돌려줄게."

"시, 시, 싫어. 안 해."

오필승은 자꾸만 말을 더듬었어요.

"왜? 너는 딱지왕이니까 도전 들어오면 거절하지 않잖아. 내가 겁나서 그래?"

오필승은 어이없는 표정으로 영식이를 보더니 딱지

상자를 열고 뒤적거렸어요.

"어! 어! 어, 어, 없네. 어, 어, 어제 떠듬이한테 딴 따, 따, 딱지가 안 보여!"

"'어'를 몇 번이나 하는 거냐. 너, 오필승! 제발 그만 좀 따라 해라. 더는 못 들어주겠다."

영식이가 정색을 하고 말하며 오필승과 같이 딱지 상자를 뒤적거렸지만, 스테고사우루스 똥필승 딱지를 찾을 수가 없었어요.

오필승은 딱지를 찾느라 가방의 여기저기 주머니에 손을 넣어 다 확인하고, 책상 안에 있는 책과 공책, 필통도 모두 꺼냈어요. 하지만 오필승은 딱지를 찾을 수 없었어요. 당연하지요. 그 딱지는 은찬이 주머니 속에 꼭꼭 숨어 있으니까요. 은찬이는 오필승도 말을 할 때마다 더듬어서 기분이 좋아져 콧노래를 부를 뻔했어요. 오필승은 그 이후로 집에 갈 때까지 아무 말도 하지 않앉어요.

'눈에는 눈! 이에는 이! 제발 오필승 너도 말을 더듬어
서 똑같이 당해 봐라.'

은찬이는 통쾌한 마음에 학교 버스를 타러 가며 허
공에 주먹을 날렸어요.

"김은찬, 너 무슨 신나는 일 있냐? 같이 좀 신나자.
뭔데, 뭔데, 뭐언데?"

영식이가 뒤따라오며 어깨동무를 했어요.

"오, 오필승이 딱지 잃어버리고 어, 어, 어쩔 줄 몰라
서 말 더듬는 게 우, 웃, 웃겨서."

은찬이는 저절로 나오는 웃음을 참을 수가 없었어요.

"우쭈주, 김은찬 어린이, 그게 그렇게 좋았쩌용"

집에 온 은찬이는 똥필승 딱지를 식탁 위에 올려놓고
살펴보았어요.

"어!"

딱지에서 파란 사파이어 보석 모양이 보이지 않아요. 말랑말랑한 것도 사라지고 납작해졌어요. 이제는 초록의 볼록한 에메랄드 보석 모양만이 골판에서 은찬이를 바라보고 있었어요. 마법이 맞았나 봐요. 첫 번째 루비 모양은 아무것도 모르고 우연히 사용해 버렸어요. 그래서 오필승이 기침을 했었나 봐요. 두 번째 사파이어 모양은 오늘 사용했어요. 오필승도 내가 당했던 기분을 평생 느끼며 살아봐야죠. 이제 마법은 한 번의 기회만 남았어요. 마지막 마법은 아껴 두었다가 아주 아찔하거나 절박한 순간이 오면 그때 소중하게 사용하기로 마음먹었어요.

용의자는 김은찬밖에 없지?

"지, 진, 진짜야. 마, 마, 마법에 걸린 것 같아. 저, 저 주인가……"

"그게 말이 되냐. 세상에 저주가 어디 있어. 난 안 속 아. 내 눈은 못 속여. 네가 장난치는 것 다 알아."

세호가 오필승의 말에 고개를 저었어요.

"그래, 그만해라. 장난도 한두 번이 재미있는 거지. 너 자꾸 김은찬 흉내 내면 학교 폭력 되는 거라고."

"아, 아, 아냐. 저, 전에는 장난이었어. 그런데."

오필승은 말을 하다가 교실로 막 들어서는 은찬이와 눈이 마주쳤어요. 오필승은 아침부터 흥분해 있는 것도 같고, 겁을 먹고 있는 것도 같은 눈이었어요. 오필승을 둘러싼 다른 아이들도 일제히 은찬이한테로 시선을 옮겼어요

"어, 어제 점심시간 지난 후부터 이, 이, 이렇게 되었다니깐! 에잇!"

오필승은 주먹으로 책상을 쾅 쳤어요. 오필승이 진짜로 말을 더듬게 되었나 봐요. 하는 말마다, 입에서 나오는 말마다 더듬고 있어요.

은찬이는 저절로 나오는 웃음을 간신히 참았어요.

'앗싸, 너도 당해봐라.'

복수에 성공했어요!

오필승은 은찬이가 하는 행동들을 주의 깊게 바라보았어요. 책상 위에 가방 내려놓는 것, 의자에 앉는 모습, 가

방에서 공책, 필통을 꺼내는 것까지 어느 것 하나라도 절대로 놓치지 않겠다는 듯이 말이에요. 오필승의 눈길을 의식한 은찬이는 조용히, 천천히 그리고 부자연스럽게 움직였어요. 이건 뭐지? 오필승이 왜 이러지? 갑자기 몰래카메라에 찍히고 있는 기분이 들었어요. 그래서 은찬이는 무엇을 해야 할지 몰라 마음을 허둥거렸어요.

오필승은 더듬더라도 처음에는 말을 하려고 하는 것 같았어요. 말을 할 때마다 속이 터지는 것인지 가슴을 주먹으로 퍽퍽 쳤어요. 그러다가 점차 오필승은 말이

제발 말을 더듬게 해주세요

줄어들었어요. 은찬이를 놀리지도 않았어요. 친구들과 어울리려고 하지도 않았어요.

아이들이 말을 걸면 대답은 하지 않고 고개로만 표현했어요. 끄덕끄덕, 아니면 도리도리. 아이들도 오필승의 기분을 맞춰주고 말도 걸어 보려고 노력했지만 허사였어요. 침울한 오필승을 계속 보니까 은찬이는 왠지 잘못한 기분이 들었어요. 은찬이가 마법을 걸어서 오필승을 저렇게 만들어 버렸으니까요.

'아니야, 오필승이 계속 놀리지만 않았어도 이렇게까지 하지는 않았을 거야. 내 탓이 아니야. 오필승, 네가 벌을 받은 것뿐이야.'

은찬이는 찜찜한 기분을 떨쳐 버리고 싶었어요.

한편, 세호와 은우는 사라진 딱지의 행방을 찾고 있었어요.

"있잖아, 아침에 오필승이 마법 어쩌고 저주 저쩌고

말했던 게 갑자기 생각났는데, 어제 화장실에서도 김은찬이 마법 어쩌고 하는 말을 얼핏 들은 것 같아."

세호가 은찬이를 곁눈질하며 말했어요.

"그러고 보니까 그 딱지는 원래 맨 처음 주인은 김은찬이었네. 다른 딱지는 다 있는데 어떻게 그 딱지만 사라질 수가 있지?"

은우도 고개를 갸우뚱거렸어요.

"그렇지? 너도 이상하지? 이건 그냥 없어진 게 아닌 것 같아. 누군가가 가지고 간 거야."

세호의 목소리가 커졌어요.

"야, 이거 뭔가 냄새가 나는데? 김은찬의 딱지였다가 오필승이 그 딱지의 주인이 되었다. 김은찬이 말을 더듬었는데 오필승도 말을 더듬게 되었다."

은우가 세호의 말을 거들었어요.

"그 딱지를 갖게 되면 말을 더듬게 하는 마법 딱지인

가보다. 큭큭큭큭. 재미있다."

세호가 눈을 반짝였어요.

"핵심은 사라진 그 공룡 딱지야. 좋았어! 우리가 그 딱지 찾아내자. '사라진 딱지 탐정단' 어때?"

은우가 세호한테 제안했어요.

"탐정? 좋았어!"

세호와 은우는 손바닥을 마주치며 하이파이브를 했어요.

그리고는 어깨를 맞대고 무엇인가 공책에 쓰며 속닥속닥했어요.

뒷자리에서 세호와 은우를 바라보던 은찬이는 불안해지기 시작했어요. 화장실에 아무도 없는 줄 알았는데 세호가 지나갔었나 봐요.

은찬이는 오필승이 말 더듬는 것을 따라 하면서 놀릴 때면 기분이 너덜너덜해지며 거지 같았는데, 오필승이 말을 더듬을 때마다 짜증을 내거나 아무 말도 하지 않으니까 그것도 좋지 않았어요. 오필승은 구제불능이에요. 말을 제대로 해도 별로고, 더듬어도 재수 없어요.

은찬이는 쉬는 시간에 6학년 교실이 있는 곳으로 가서 고한별 형을 찾았어요. 고한별 형이 몇 반인지 몰라서 이 교실 저 교실 기웃거렸지만 보이지 않았어요. 은찬이는 고한별 형한테 몇 반 인지 물어보지 않은 것을 후회했어요. 그동안 몇 번 만나면서 기회가 있었는데, 그 생각을 하지 못했어요.

점심시간이 되자 은찬이는 화장실로 달려갔어요. 고한별 형이 화장실 문을 열고 들어오기를 눈 빠지게 기다렸어요. 은찬이는 아이들이 들어오면 소변보는 척했어요. 화장실 문이 열릴 때마다 은찬이는 눈 마중을 보냈지만 고한별 형은 나타나지 않았어요.

'고한별 형한테 우리 반 애들이 마법 딱지를 눈치챈 것 같다고 말해야 하는데…….'

은찬이는 집에 갈 시간이 다 되도록 고한별 형을 만나지 못했어요.

'운동장에서 마주칠 수도 있어. 오늘은 빨리 나가야지.'

선생님의 종례 인사가 끝나자마자 은찬이는 가방을 둘러메고 교실 뒷문으로 달려 나갔어요. 뒤에서 영식이가 부르는 소리가 들렸어요. 은찬이는 영식이를 기다려 줄 시간이 없었어요.

어서 빨리 고한별 형을 만나서 상의하고 싶었어요. 아

이들이 오필승이 말을 더듬게 만든 것이 은찬이라는 것을 알게 될까 봐 겁이 났어요.

운동장을 한 바퀴 휘 둘러 봐도, 학교 버스 주변에 가 봐도 고한별 형은 그림자도 보이지 않았어요. 어느새 나왔는지 그네 옆 벤치에서 세호와 은우가 쑥덕거리는 모습이 보였어요. 세호와 은찬이가 마법 딱지에 대해 알아내는 것은 이제 시간 문제예요. 은찬이는 울고 싶어졌어요. 영식이가 불러도 들리지 않는지 은찬이는 대답도 하지 않고 학교 버스에 올라탔어요.

다음 날 학교에 오니 오필승이 보이지 않았어요. 원래 은찬이와 영식, 오필승은 같은 정류장에서 학교 버스를 타요. 그런데 오필승은 아침에는 통학버스를 타지 않고 엄마 차를 타고 학교에 가요. 그나마 다행이지요. 아침 버스에서, 교실에서, 집에 가는 버스에서 오필승을 하루 종일 보고 있어야 하는 건 너무 가혹하잖아요. 오필승은 아침에 엄마가 출근길에 데려다주기 때문에 은찬이보다 집에서 늦게 출발해요. 은찬이도 아침에 더 자고 싶어서 엄마한테 태워다 달라고 말했다가 혼나기만 했어요. 학교 버스는 이 정류장에서 아이들 태우고, 저기 정류장에서도 아이들을 태워야 해서 이 동네 저 동네를 미로처럼 빙빙 돌고 돌아 학교에 와요. 그러니까 오필승은 은찬이보다 집에서 늦게 출발하지만, 학교에는 더 일찍 도착해요. 그래서 은찬이가 교실에 들어서면 오필승은 이미 자리에 앉아서 일찍 온 친구들과 떠들고 있곤 했었어요.

'오필승이 어디 아픈가?'

은찬이는 오필승이 하루라도 결석하면 좋겠다는 바람이 있었는데, 막상 오필승의 빈자리를 보니까 약간 걱정이 되었어요. 설마 오필승이 엄마한테 이르지 않았겠지요? 김은찬이 마법을 걸어서 말을 더듬게 했다고, 똥필승 딱지를 몰래 훔쳐 갔다고 말이에요.

선생님이 교실로 들어오시자 세호가 물었어요.

"선생님, 오필승은 왜 학교 안 와요?"

은찬이가 하고 싶은 질문이었지만 말을 더듬어서 망설이고 있었는데, 세호도 궁금했나 봐요. 반 아이들이 일제히 선생님을 바라보았어요.

"필승이가 목이 아파서 목소리가 나오지 않는대요. 병원에서 치료도 받고 나아질 때까지 집에서 며칠 쉬기로 했어요."

선생님 말씀에 은찬이는 심장이 캄캄한 지하로 쿵 떨어지는 것 같았어요. 오필승이 정말 죽을 때까지 말을 더듬게 되었나 봐요.

'마법을 너무 심하게 걸었나……'

오늘은 고한별 형을 꼭 만날 수 있으면 좋겠어요. 은찬이는 마법에 대해서 말을 하고 싶어 견딜 수가 없었어요.

"김은찬, 사라진 공룡 딱지 말이야. 너는 그거 어디서

났어? 샀어?"

드디어 '사라진 딱지 탐정단' 세호가 은찬이를 의심하기 시작했나 봐요.

"그, 그, 글쎄. 기억이 잘 안 나는데……."

다음은 은우 차례에요.

"오필승과 그 딱지로 맨 처음 딱지치기 한 날이 언제야?"

"그, 그, 오필승이 기, 기, 기침하던 날……."

대답해 놓고 은찬이는 후회했어요. 그냥 그 질문도 기억나지 않는다고 말할 걸 그랬어요.

세호와 은우는 의미심장한 눈빛으로 서로 마주 보고 아무 말도 하지 않았어요.

은찬이는 머릿속이 하얘졌어요. 어지러운 것처럼 머리가 띵한 것 같기도 했어요.

'내가 그 딱지 가져갔다고 솔직하게 말할까……? 그러다가 왕따 당하면 어떡하지…….'

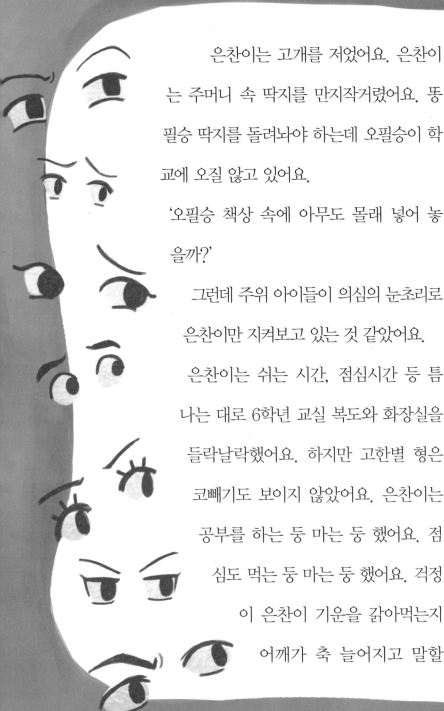

은찬이는 고개를 저었어요. 은찬이는 주머니 속 딱지를 만지작거렸어요. 똥필승 딱지를 돌려놔야 하는데 오필승이 학교에 오질 않고 있어요.

'오필승 책상 속에 아무도 몰래 넣어 놓을까?'

그런데 주위 아이들이 의심의 눈초리로 은찬이만 지켜보고 있는 것 같았어요.

은찬이는 쉬는 시간, 점심시간 등 틈 나는 대로 6학년 교실 복도와 화장실을 들락날락했어요. 하지만 고한별 형은 코빼기도 보이지 않았어요. 은찬이는 공부를 하는 둥 마는 둥 했어요. 점심도 먹는 둥 마는 둥 했어요. 걱정이 은찬이 기운을 갉아먹는지 어깨가 축 늘어지고 말할 기운도 나지 않았어요.

"김은찬, 너 요즘 이상하다. 무슨 일 있냐? 말해 봐. 이 형아가 해결해 줄게."

걱정 때문에 피가 말라서 죽기도 할까요? 영식이의 따뜻한 농담에도 은찬이는 웃을 기운도 없었어요.

'영식아, 사라진 오필승 딱지 말이야. 사실은 내가 가져갔어.'

라고 영식이한테만이라도 솔직하게 모두 털어놓고 싶었어요. 하지만 은찬이는 그럴 수 없었어요. "낮말은 새가 듣고 밤말은 쥐가 듣는다." 라는 속담도 있잖아요.

눈에 불을 켜고 있는 세호나 은우가 들을까 겁이 났어요.

"으응, 요, 요즘 이상하게 기, 기운이 없어서 그래."

하고 은찬이는 얼버무리고 말았어요.

"아무래도 용의자는 김은찬밖에 없지?"

세호가 은우와 은밀히 이야기를 나누고 있어요.

"그래, 오필승 짝꿍이지, 사라진 딱지의 전 주인이었지, 오필승이 계속 놀려왔지, 게다가 딱지치기에서도 오필승한테 연속으로 패했지."

은우가 말했어요.

"그렇다니까! 김은찬은 오필승이 싫어서 딱지를 몰래 훔쳐 간 거야!"

세호는 확신에 차서 말했어요.

"김은찬한테 단도직입적으로 물어볼까?"

"단도직입적이 무슨 말이야?"

"김은찬한테 '네가 오필승 딱지 가져갔지?' 하고 물어

본다는 뜻이야. 너는 용의자라는 어려운 말은 알면서 이 말은 모르냐?"

"안돼, 안돼, 너 같으면 김은찬이 '그래, 내가 가져갔어.' 하겠냐?"

"절대 안 하지. 그럼 증거를 좀 더 찾아서 오필승이 학교 오면 그때 발표하자."

"그래. 김은찬이 한 짓을 전체가 있을 때 알려 주자. 그리고 어서 빨리 딱지를 찾아서 살펴보자."

앞자리에서 세호와 은우가 소곤거리는 말에 은찬이는 가슴이 쪼그라들고 눈앞이 캄캄해졌어요.

'세호와 은우가 딱지 훔친 사람을 찾는 것을 까맣게 잊게 해달라고 세 번째 마법을 쓸까. 아니야……. 오필승이 죽을 때까지 말을 더듬으며 살게 해 달라고 한 건 너무 심했어. 마지막으로 그걸 풀어줘야 하나……. 어떡하지……. 어떡하지…….'

나 쫌 멋지지 않냐

'앗! 오필승이다!'

아침에 영식이와 교실로 들어서다 오필승을 발견한 은찬이는 갑자기 화장실을 향해 뛰었어요.

드디어 오필승이 학교에 왔어요.

"오필승, 이제 괜찮냐?"

세호가 오필승을 반겨주었어요.

"…응, …나아지고 있어."

오필승의 대답에 은우가 물었어요.

"야, 너 왜 그렇게 천천히 말해? 너 아직도 아파?"

그때 은찬이가 교실로 들어와서 자리에 앉았어요. 은찬이는 오필승을 힐끔거리며 쳐다보았어요. 오필승한테 무슨 말을 해야 할지, 인사를 어떻게 해야 할지 떠오르지 않았어요.

"…김은찬, …이따가 나랑 얘기 좀 하자."

오필승의 느릿느릿한 말을 듣고 은찬이는 고개를 갸웃거렸어요.

아까 교실에 들어설 때 오필승을 발견하자마자 은찬이는 화장실로 먼저 달려가서 세 번째 마법을 걸었거든요. 마지막 마법을 이렇게 사용하고 싶지 않았지만, 달리 뾰족한 방법이 떠오르지 않았어요. 은찬이는 화장실에서 똥필승 딱지를 꺼내어 입김을 불고 작은 목소리로 마법을 썼어요.

"오, 오, 오필승이 이제 마, 마, 말을 더듬지 않게 해 주세요."

마법을 끝내고 교실로 들어와서 오필승을 살피며 말하기를 기다렸어요. 오필승이 세 번째 마법에 걸렸을까요? 말을 어눌하게 천천히 하긴 했지만 더듬지는 않았어요. 교실에 앉아 있는 오필승은 며칠 전과 마찬가지로 말이 별로 없었지만, 어딘가 다르게 보였어요. 기분이 나쁜 것 같지도 않아요. 표현하기 어렵지만, 만나지 않은 동안에 오필승이 의젓해진 분위기였어요.

은찬이는 오필승을 뒤따라갔어요. 오필승은 운동장 놀이터 철봉 있는 곳까지 가서 멈췄어요.

"…김은찬, 미안하다. …내가 사과할게."

"뭐, 뭐, 뭘 사과해?"

은찬이가 놀라서 되물었어요.

"…그동안 너를 놀렸던 것 말이야. 말 더듬는다고 떠

나 쫌 멋지지않냐

듬이라고 불렀던 것도 미안하다. 내가 겪어 보니까 네가 어떤 마음이겠는지 짐작되더라. 이제부터 놀리지 않을게."

"그, 그, 그래. 괜, 괜찮아."

은찬이는 오필승의 사과를 듣고 얼떨결에 대답했어요. 오필승은 멋쩍게 웃더니 돌아서서 앞서 교실로 걸어갔어요. 은찬이는 멍하니 서 있었어요. 이게 무슨 일일까요? 잠시 후 은찬이의 입꼬리가 저절로 올라갔어요. 오필승이 은찬이에게 사과했어요! 게다가 다시는 놀리지 않겠대요! 은찬이의 마지막 마법 주문은 오필승의 사과가 아니었는데 말이에요!

"오! 예!"

은찬이는 멀어지고 있는 오필승에게 들리지 않도록 작게 외쳤어요. 휴우우우. 오필승 문제는 해결되었어요. 은찬이는 안도의 한숨이 흘러나왔어요. 게다가 오필승이 앞으로는 은찬이를 놀리지 않겠대요.

이제 은찬이에게는 해결해야 할 문제는 오직 하나 남았어요. 오필승의 똥필승 딱지 말이에요. 똥필승 딱지를 오필승에게 어떻게 되돌려줘야 할까요…….

은찬이는 교실로 들어오면서 세호와 눈이 마주쳤어요. 세호는 은찬이를 기다리고 있었나 봐요.

"김은찬, 솔직히 말해 봐. 네가 범인이지?"

세호가 은찬이에게 다짜고짜 물었어요.

"뭐, 뭐, 뭐가?"

"오필승 딱지 말이야. 스테고사우루스 딱지 있잖아. 김은찬, 그거 네가 가져갔어?"

은우는 세호보다 부드럽게 말했지만, 은찬이는 심장이 쿵쾅쿵쾅 뛰기 시작했어요.

"아, 아, 아니야!"

은찬이는 자기도 모르게 시치미를 잡아떼었어요. 은

우와 세호에게 발각된 것 같아 두려웠어요.

'이렇게 대답하려던 건 아닌데…… 이제 어떻게 솔직하게 털어놓지?'

"그럼, 우리가 네 몸이랑 가방 뒤져봐도 돼?"

세호가 은찬이를 저돌적으로 몰아붙였어요. 은찬이는 팔에 소름이 돋고 등골이 오싹해졌어요. 손바닥도 축축하게 젖었어요. 다른 아이들이 지켜보고 있는 데서 은찬이가 들통나는 것은 시간문제예요. 은찬이는 지금이라도 자신이 딱지를 몰래 훔쳐 간 범인이라고 인정해야 좋은 것인지, 끝까지 아니라고 발뺌해야 나은 것인지 선뜻 결정하지 못하고 머뭇거렸어요.

은찬이가 아무 말이 없자 세호가 더욱 가까이 다가오며 말했어요.

"김은찬, 그럼 네 주머니부터 뒤져 볼게."

세호가 팔을 뻗어 은찬이의 바지 주머니에 넣으려고

했어요.

그때 오필승 말했어요.

"…아냐. 집에 가서 다시 보니까 스테고사우루스 딱지 있더라. 그래서 좀 전에 내가 놀이터에서 김은찬한테 줬어. 이제 그건 김은찬 꺼야."

은찬이를 비롯하여 세호, 은우 등 모두가 놀라서 오필승을 쳐다보았어요.

'오필승이 나를 위해서 거짓말을……?'

오필승의 말에 은찬이는 어안이 벙벙했어요.

"진짜?"

은우가 은찬이한테 묻는 것인지, 오필승한테 묻는 것인지 모르겠어요.

"으응. 병원에 갔더니 말 더듬는 것이 습관이 된 것 같대. 너희도 알다시피 내가 그동안 김은찬 말하는 것을 계속 놀리면서 따라 했잖아."

"그래서?"

오필승의 설명에 세호가 다그쳤어요.

"그래서 김은찬한테 딱지 돌려주면서 내가 사과했지. 다행히 지금은 초기니까 천천히 말하면서 연습하다 보면 금방 돌아올 거래."

오필승의 말에 세호와 은우는 실망하는 표정이 역력했어요. '사라진 딱지 탐정단' 만들어서 추리해내는 재미에 한창 빠져있다가 드디어 그 결과를 빵 터트릴 수 있는 결정적 순간이 왔다고 여겼는데 일이 엉뚱한 방향으로 풀리자 맥이 빠지는 것 같았어요.

오필승이 은찬이가 제일 좋아하는 딱지를 흔들어 보이며 말했어요.

"김은찬, 이 드래곤몬스터 딱지는 정정당당하게 딱지치기 시합해서 가져가라. 그냥은 못 준다, 알았냐?"

"으, 응."

오필승은 은찬이를 향해 한쪽 눈을 찡긋하더니 귓속 말로 우쭐댔어요.

"김은찬, 나 쫌 멋지지 않냐."

왠지 오필승과 친구가 될 것 같은 예감이에요. 영식이처럼 은찬이를 있는 그대로 받아 줄 수 있는 그런 친구 말이에요. 은찬이는 오필승을 바라보고 씨익 웃었어요.

오늘은 토요일. 감나무골 공원에서 장터가 열리는 날이에요. 은찬이는 꽈배기 아저씨 옆에 작은 돗자리를 깔고 스테고사우루스 똥필승 딱지를 올려놓았어요. 희한하게도 고한별 형은 그 후로 만날 수가 없었어요. 그리고 스테고사우루스의 골판은 은찬이가 마법을 사용하기 전의 상태로 돌아가 루비, 사파이어, 에메랄드의 빨강, 파랑, 초록의 보석 모양이 볼록하게 나와서 말랑말랑해졌어요.

아! 드디어 찾았어요! 멀리서 어깨를 축 늘어뜨리고

기운 없게 다가오는 아이가 보였어요. 은찬이는 입가에 미소를 지으며 기다렸다는 듯이 아이를 반갑게 소리쳐 불렀어요.

"자, 자, 잠깐만! 너, 너, 너는 이 딱지가 필요하겠다. 이, 이, 이건 마법 딱지야. 트, 트, 특별히 너한테 서, 선, 선물로 줄게!"

아이의 손에 딱지를 건네주는 은찬이의 얼굴이 햇살처럼 환하게 빛나고 있었어요.